Andrea Maria Wagner

Aufregung an der Nordsee

Deutsch als Fremdsprache

A1

Alles Digitale zu diesem Buch kann auf der Lernplattform
allango von Ernst Klett Sprachen abgerufen werden. So geht's:

QR-Code scannen	Buchtitel oder ISBN in	Zum Inhalt navigieren,
oder **www.allango.net**	der Suche eingeben und	direkt abrufen
aufrufen	auf das Buchcover klicken	oder speichern

Dieses Symbol bedeutet, dass zu einem Buch-Abschnitt
ein digitaler Inhalt verfügbar ist: **Hörtext, Quiz und Lösung als pdf.**

Ernst Klett Sprachen
Stuttgart

1. Auflage   1 ¹⁰ ⁹ ⁸ ⁷ ⁶ | 2028 27 26 25 24

Alle Drucke dieser Auflage sind unverändert und können im Unterricht nebeneinander verwendet werden.
Die letzte Zahl bezeichnet das Jahr des Druckes. Das Werk und seine Teile sind urheberrechtlich geschützt. Jede Nutzung in anderen als den gesetzlich zugelassenen Fällen bedarf der vorherigen schriftlichen Einwilligung des Verlags.

Die in diesem Werk angegebenen Links wurden von der Redaktion sorgfältig geprüft, wohl wissend, dass sie sich ändern können. Die Redaktion erklärt hiermit ausdrücklich, dass zum Zeitpunkt der Linksetzung keine illegalen Inhalte auf den zu verlinkenden Seiten erkennbar waren. Auf die aktuelle und zukünftige Gestaltung, die Inhalte oder die Urheberschaft der verlinkten Seiten hat die Redaktion keinerlei Einfluss. Deshalb distanziert sie sich hiermit ausdrücklich von allen Inhalten aller verlinkten Seiten, die nach der Linksetzung verändert wurden. Diese Erklärung gilt für alle in diesem Werk aufgeführten Links.

Redaktion: Carina Janas
Layoutkonzeption: Elmar Feuerbach
Titelbild und Illustrationen: Ulf Grenzer
Gestaltung und Satz: Eva Mokhlis; Swabianmedia, Stuttgart
Umschlaggestaltung: Andreas Drabarek
Tonregie und Schnitt: Gunther Pagel, Top 10 Tonstudio, Viernheim
Sprecherin: Stefanie Plisch de Vega
Druck und Bindung: Plump Druck & Medien GmbH, Rheinbreitbach

Printed in Germany
ISBN 978-3-12-557014-6

Inhalt

Dänemark

N
W   O
S

Schleswig-
Holstein
      • *Kiel*

Nordsee

Mecklenburg-
Vorpommern
      • *Schwerin*

Hamburg
   • *Hamburg*

Bremen
  • *Bremen*

Nieder-
lande

Niedersachsen

      • *Hannover*

Berlin
      • *Berlin*
• *Potsdam*

Pole

      • *Magdeburg*
Sachsen-Anhalt

Brandenburg

Nordrhein-Westfalen

   Düsseldorf
   •

Hessen

      • *Erfurt*
Thüringen

Sachsen
      •
    Dresden

Rheinland-
Pfalz
     •*Wiesbaden*
  Mainz

Saarland
 • *Saarbrücken*

    Stuttgart
    •

Bayern

Baden-
Württemberg

      • *München*

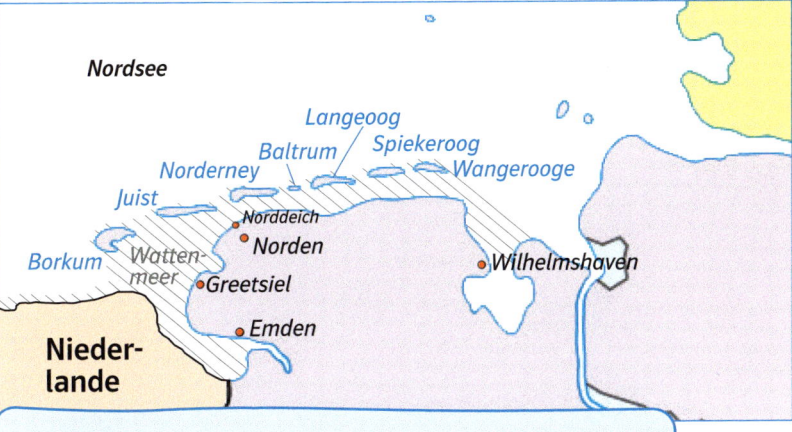

Niedersachsen

- circa 7,8 Millionen Einwohner
- Landeshauptstadt Hannover
- Wirtschaft: Tourismus, Schiffbau (Meyer Werft Papenburg: Kreuzfahrtschiffe), Wassersport, Autoindustrie (VW), Hafen (Emden, Wilhelmshaven)

www.reiseland-niedersachsen.de

Ostfriesland

- Ferienregion im Bundesland Niedersachsen
- Wirtschaft: Tourismus, Fischfang (Krabben), Windenergie
- Spezialität: Ostfriesentee mit Kluntjes (Zucker)
- Sport: Wassersport (Segeln, Surfen etc.), Boßeln (spezielle Bowling-Kugel auf der Straße, 2 Teams)

www.ostfriesland.de
www.ostfriesische-inseln.de

Norderney

- Ostfriesische Insel (14 km lang, 2 km breit), circa 6.000 Einwohner, 540.000 Touristen im Jahr
- Tradition seit 1797: erstes deutsches Nordseebad:
- Spezialität: Sanddorn (Marmelade, Kuchen etc.)
- Sport: Reiten, Surfen, Kite-Surfen, Strandsegeln etc.
- Berühmte Person: Poppe Folkerts (9.4.1875 – 31.12.1949), deutscher Marinemaler; über 1000 Bilder

www.norderney.de
www.museum-norderney.de

der Windpark

die Sandbank

der Weststrand

der Deich

der Seenotretter (DGzRS: „Eugen")

die Fähre

das Wattenmeer

der Strand

der Katamaran

der Hafen

das Segelboot

1. Auf der Fähre

„Guten Tag liebe Gäste. Ich begrüße Sie an Bord der Frisia 1 auf dem Weg nach Norderney. Die Fahrt wird circa 50 Minuten dauern", sagt der Kapitän.

„Nur 50 Minuten? Das geht aber schnell", sagt Paula zu ihrer Tante Gerda.

„Ja, da vorne kannst du die Insel schon sehen."

Tante Gerda zeigt zum Horizont. „Sieh mal, rechts ist der Leuchtturm! Und da hinten sind Krabbenkutter aus Greetsiel. Die Krabben sind eine Spezialität.

≋

Paula war noch nie in Ostfriesland und noch nie auf einer Insel in der Nordsee. Sie hat im Mai Abitur gemacht. Ihre Tante hat sie eingeladen nach Norderney. Das ist eine der sieben ostfriesischen Inseln. Paula freut sich, aber sie ist nicht sicher, ob es für sie interessant ist. ,Es ist Anfang Juni und andere Jugendliche kommen erst im Juli oder August auf die Insel', denkt sie.

„Möchtest du ein Eis oder eine Cola?", fragt ihre
Tante. „Da vorne ist ein Kiosk. Bringst du mir bitte
einen Ostfriesentee mit Kluntjes mit? Den trinke
ich immer, wenn ich hier bin."

„Was sind denn Kluntjes?"
„So heißt der Zucker."
Paula bestellt die Getränke. Sie wartet und sieht sich die Poster
an. ‚SUP-Kurse auf Norderney', liest sie.

„Hast du schon einmal Stand-Up-Paddling gemacht?"
Neben ihr steht ein Junge und zeigt auf das Poster.
‚Wie gut, dass ich nicht gefragt habe, was SUP ist …', denkt Paula.
„Nein, und du?", fragt sie den Jungen.
„Ich auch nicht, aber ich möchte es gerne lernen."
In diesem Moment spricht der Kapitän: „Liebe Fahrgäste, Back-
bord – das ist in Fahrtrichtung links – können Sie jetzt Seehunde
sehen."

„Seehunde?", fragt Paula überrascht.

„Ja, die sieht man hier oft. Fährst du zum ersten Mal nach Norderney?"

„Ja, und du?"

„Ich war schon oft hier. Meine Tante hat ein kleines Hotel auf der Insel. Ich heiße übrigens Martin, und du?"

„Paula."

Martin kauft eine Cola und sagt: „Tschüss Paula, viel Spaß auf Ney."

„Ney?"

„Das sagen die Leute, die immer auf der Insel wohnen."

2. Ankunft auf Norderney

Sie fahren am Weststrand vorbei in Richtung Hafen. Das Wetter
ist gut und am Strand sind viele Touristen.
„Siehst du das kleine rote Haus da?", fragt Tante Gerda.
„Ja, was ist das für ein Haus?", will Paula wissen.
„Da hat früher der berühmte Maler Poppe Folkerts gewohnt. Er
hat über 1000 Bilder gemalt."
„Poppe? Was ist das denn für ein Name?"
„Das ist ein friesischer Name", erklärt die Tante.
Sie war schon oft in Ostfriesland und weiß viel.
„Kennst du noch mehr friesische Namen?", fragt Paula.
„Ja, klar: Onno, Menno, Jann mit zwei ‚n' ..."

≈

Nach ein paar Minuten sind sie am Hafen und fahren mit dem Bus ins Zentrum.

„Da vorne ist die Viktoriastraße, da ist unsere Ferienwohnung", sagt Tante Gerda. Als sie in die Wohnung gehen, ist Paula überrascht. „Wir können ja vom Balkon aus das Meer sehen. Das ist ja super!" „Und da hinten kannst du die Insel Juist sehen", sagt Tante Gerda und zeigt zum Horizont.

Das Wetter ist gut und die Sonne scheint. Paula freut sich. „Eine Woche Norderney! Danke, Tante Gerda!"

Sie packen ihre Taschen aus und gehen danach am Meer entlang zur Milchbar. Das ist ein beliebtes Café auf Norderney. Dort essen sie Kartoffeln mit Nordseekrabben, trinken einen Sanddorn-Milkshake und hören Lounge-Musik. ‚Hier kann man gut chillen', denkt Paula.

Nach dem Essen gehen sie in das Conversationshaus, in dem es ein Café, die Touristeninformation und eine Bibliothek gibt.

„In der Bibliothek war ich mit deinem Onkel Hansgeorg einmal bei einem Konzert mit Gitarre und Klavier. Es war sehr romantisch, denn es war unser erster Abend zusammen", erzählt Tante Gerda und lächelt.

„Sieh mal, da vorne hängen Poster mit Informationen über Aktivitäten. Vielleicht gibt es etwas Interessantes für dich."

Es gibt Kinofilme, Theater, Konzerte und Sport: Nordic Walking, Yoga, Schwimmen, Surfen und Stand-Up-Paddling.

„Das würde ich gerne lernen", sagt Paula zu ihrer Tante und zeigt auf ein Poster.

„Gute Idee. Am Montag beginnt der nächste Kurs. Der Surfclub ist hinter dem Hafen. Wir können Fahrräder mieten, dann bist du schnell da."

„Ja, gerne."

„Und was möchtest du auf Norderney machen, Tante Gerda?"
„Es gibt einen Malkurs: Malen wie Poppe Folkerts. Das möchte ich gerne lernen."
„Das ist bestimmt interessant."

Poppe Folkerts: Segelboot vor Norderney

≈≈≈

Sie gehen noch ein bisschen durch das Stadtzentrum von Norderney. Es gibt viele Cafés, Restaurants, Geschäfte und Touristen. Auf dem Rückweg in ihre Ferienwohnung mieten sie Fahrräder für die Woche und freuen sich auf den nächsten Tag.

3. Im Watt

Am nächsten Morgen hat Tante Gerda eine Überraschung für Paula. „Wir machen eine Wanderung im Wattenmeer."

„Aber Tante Gerda, das ist doch gefährlich. Das habe ich in der Schule gelernt. Wenn die Flut kommt, kann man nicht mehr weitergehen."

„Du hast recht. Alleine ist es sehr gefährlich. Man kann schnell die Orientierung verlieren. Aber wir gehen mit Experten. Um zehn Uhr geht es los."

Tante Gerda freut sich, dass Paula mit ihr auf Norderney ist. Sie möchte, dass es Paula gut gefällt. Sie soll viele interessante Aktivitäten machen.

≈≈≈

„He!", sagt Onno, der Wattführer.

„He? Ich habe gedacht, in Norddeutschland sagt man immer Moin, auch am Abend", sagt Paula.

„Das ist richtig, aber auf Norderney sagen wir He", erklärt der Wattführer. „Wir müssen jetzt losgehen, damit wir vor der Flut wieder zurück sind."

〰️

In der Gruppe sind auch Jugendliche und Studenten, die ein Praktikum auf der Insel machen. Sie studieren Tourismus und

möchten mehr über das Wattenmeer lernen, das zwischen dem Festland und den friesischen Inseln liegt.

Der Wattführer erklärt, dass das Wattenmeer von der UNESCO geschützt wird, weil es ein ganz besonderes Naturschutzgebiet ist. Hier leben Tausende Tiere: Schnecken, Muscheln, Insekten. Und viele Vögel: Strandläufer, Austernfischer …

Bei Flut sieht es aus wie das Meer und bei Ebbe gibt es viele Sandbänke.

„Ihr dürft nie alleine ins Watt gehen", sagt Onno. „Manchmal gibt es Nebel, dann verliert ihr die Orientierung. Manchmal gibt es Wind, dann kommt das Wasser schneller zurück. Ich habe immer ein Funkgerät, damit ich Hilfe rufen kann, wenn es ein Problem gibt."

„Das ist aber nicht sehr modern. Hier gibt es doch Handys", sagt eine Praktikantin.

„Das stimmt. Viele Touristen haben Handys. Aber das Handynetz funktioniert im Wattenmeer nicht immer", erklärt Onno.

„Und GPS?"

„Das GPS kann deine Position zeigen, aber du weißt nicht, wo das Wasser im Moment sehr hoch ist und es zeigt dir dann nicht den richtigen Weg."

„Und was passiert, wenn Touristen alleine im Watt sind und nicht mehr herauskommen?", will ein Jugendlicher wissen.

„Dann muss man ihnen schnell helfen. Wenn das Wasser noch nicht so hoch ist, kann man mit einem kleinen Boot fahren. Bei Flut muss ein Hubschrauber kommen."

„Ein Hubschrauber? Wirklich?" Alle sind überrascht.

„So, und jetzt machen wir ein kleines Experiment: Ich nehme ein Glas und fülle es mit Wasser …"

„Das Wasser ist ja ganz braun", sagt ein Junge.

„Ja, im Wasser ist viel Sand, deshalb ist es dunkel. Und jetzt müssen wir nur noch einen Wattwurm finden." Er zeigt auf den Sand, der aussieht wie eine Miniportion Spaghetti. Darunter findet er einen Wattwurm. „Den lege ich in das Glas Wasser und später zeige ich euch, was dann passiert."

≈≈≈

Es ist etwas Besonderes, dass man bei Ebbe durch das Watt von der Insel zum Festland gehen kann. Bei Flut fahren hier Schiffe und Boote. Jetzt ist Ebbe und überall steht noch Wasser, aber man kann über den Sand gehen. Viele Leute tragen Gummistiefel, damit die Füße nicht nass werden.

≈≈≈

„Da hinten liegt ein Segelboot auf dem Sand. Brauchen die Segler unsere Hilfe?", fragt Paula.

„Nein, bei Ebbe ist es hier ganz still und leise. Man hört nur die Vögel. Viele Segler mögen das."

„Ist das nicht gefährlich? Wie können sie denn wieder aus dem Sand herauskommen?", will Paula wissen.

„Sie müssen nur warten, bis die Flut kommt. Dann schwimmt das Segelboot wieder und sie können weitersegeln."

„Und warum ist es für Personen gefährlich im Watt? Sie können doch auch auf die Flut warten", fragt ein Jugendlicher.

„Es ist so gefährlich, weil das Wasser kalt ist. Der Körper wird schnell müde und verliert Energie. Man kann nicht lange schwimmen, wenn das Wasser so kalt ist. Außerdem gibt es hier Priele – sie sehen aus wie kleine Flüsse. Sie bringen das kalte Wasser aus der Nordsee in das Wattenmeer. Das Wasser fließt sehr schnell und man kann nicht gegen die Strömung schwimmen."

Die Gruppe geht weiter. Der Wind ist jetzt stark. Die Jugendlichen sehen, dass die Priele viel breiter werden.

„Heute können wir nicht so weit gehen. Das Wasser kommt schneller zurück, weil der Wind so stark ist. Wir müssen zurückgehen."

„Wo ist denn der Weg?", fragt ein Junge.

„Du hast doch ein Handy. Kannst du den Weg mit deinem Handy finden?", fragt Onno.

„Klar, das Handy ist ganz neu und super modern", sagt der Junge. Aber nach ein paar Minuten ruft er: „Mist, ich habe kein Netz!"

„Ja, manchmal funktionieren die Handys hier nicht."

Erst jetzt verstehen alle, dass es wirklich sehr gefährlich ist, wenn man alleine im Watt ist. Ohne Hilfe kann man den Weg nicht finden. Aber Onno ist Experte und bringt die Gruppe sicher zurück.

〜〜

„Seht euch jetzt mal das Wasser an", sagt Onno, als er das Glas aus seiner Tasche nimmt.

„Das Wasser ist ja ganz klar und sauber!", sagt Paula.

Alle sind überrascht.

„Wattwürmer arbeiten wie Filter und sind sehr wichtig für das Wattenmeer. Ein Wurm reinigt in einem Jahr 25 Kilogramm Sand und Wasser", erklärt Onno.

Auf dem Rückweg sehen sie die Salzwiesen. Wenn das Wasser zurückgeht, bleibt das Salz im Gras. Es ist eine besondere Landschaft.

„Hier auf Norderney gibt es das *Watt Welten Nationalpark-Haus*. In diesem Museum am Hafen könnt ihr noch mehr über das Wattenmeer lernen. Es geht von den Niederlanden über Deutschland bis nach Dänemark und ist das größte Wattenmeer der Welt."

Wattenmeer
Naturpark Wattenmeer (Größe inklusive Niederlande und Dänemark: 8.000 km², insgesamt 450 km Küste), 4000 verschiedene Tiere und Pflanzen, 10-12 Millionen Vögel (Gänse, Enten, Möwen), UNESCO-Weltnaturerbe
www.nationalpark-wattenmeer.de/nds
www.waddensea-worldheritage.org/de
www.nationalparkhaus-wattenmeer.de/nationalpark-haus-norderney

4. Im Surfclub

Paula kommt am Surfclub an. Dort spricht sie ein sportlicher, junger Mann an: „He, ich bin Sven. Kann ich dir helfen?"

„Ja, ich möchte einen Kurs machen", erklärt Paula.

„Klar, gerne. Was möchtest du denn lernen? Surfen, Windsurfen, Kite-Surfen oder SUP?"

„Stand-Up-Paddling", sagt Paula sicher.

„Okay, da vorne kannst du dich zum Kurs anmelden. Kathrin, unsere SUP-Lehrerin, erklärt dir alles. Bis später!"

Paula geht ins Büro und meldet sich zum Kurs an. Der Junge, der auf der Fähre war, ist auch da.

„Hallo Martin!", sagt sie und freut sich, dass sie schon eine Person kennt.

„He, Paula. Schön, dich zu sehen. Das hier sind meine Freunde Lars und Steffen. Das sind Mieke und Alexa, sie machen ein Praktikum beim *Watt Welten Nationalpark-Haus*."
„Hallo zusammen."

~~~

Am ersten Tag lernen sie die Theorie und machen Balance-Übungen auf Surfbrettern, die im Sand stehen.
„Das kannst du aber gut!", sagt Martin zu Paula. Sie hat keine Probleme mit der Balance.
„Na ja, ich mache Cheerleading. Da muss ich viel Akrobatik machen und viel trainieren", erklärt Paula.
„Wie cool ist das denn …", sagt Martin. „Cheerleading? Das ist doch typisch amerikanisch. Warst du auch schon mal in den USA?"
„Ja, mein Team war schon zweimal bei den World Championships in Florida … und letztes Jahr waren wir Deutscher Meister."
Martin ist überrascht. Er findet Paula richtig cool.
„So, genug für heute. Morgen um elf Uhr geht es weiter", sagt Kathrin.

5. Risiko im Watt

Am nächsten Tag ist der Wind sehr stark. Es ist auch kälter und Paula trägt heute eine warme Jacke. Ein Auto fährt schnell an ihr vorbei. Im Jeep sitzen sportliche Jungen und Mädchen. Sie hören laute Musik und lachen.

,Wohin fahren die denn?', denkt Paula. ,Die Straße ist doch hinter dem Restaurant am Hafen zu Ende.'

Als sie am Surfclub ankommt, freut sie sich auf ihren SUP-Kurs. Alle beginnen das Training mit dem Paddel. Weil der Wind so stark ist, fallen sie oft ins Wasser. Aber das Training macht trotzdem viel Spaß. Nach zwei Stunden paddeln sie zurück zum Surfclub und machen eine Pause.

„Wo ist denn Sven heute?", will Martin wissen.

„Sven ist zum Kitesurfen an den Weststrand gefahren, weil der Wind heute sehr stark ist", erklärt Kathrin.

〰️

„Sag mal, Kathrin, was macht denn der Jeep da vorne?", fragt Paula und zeigt in Richtung Wattenmeer.

Kathrin nimmt ihr Fernglas.

„Sind die verrückt geworden? Die Flut kommt und das Wasser steigt! Man kann doch nicht mit einem Jeep ins Watt fahren! Ich muss sofort telefonieren."

Sie ruft Menno an. Er arbeitet am Hafen und hat einen Traktor.

„Tut mir leid, aber ich muss jetzt helfen. Das ist ein Notfall! Wir machen morgen weiter," erklärt sie dann.

Kurze Zeit später fährt ein Traktor bis zum Ende der Straße. Die Schranke ist offen und der Jeepfahrer ist einfach geradeaus weitergefahren. Jetzt steht der Jeep im Wattenmeer im Sand und kann nicht mehr weiterfahren. Der Traktorfahrer zieht den Jeep aus dem Sand.

„Das war knapp. Wenn das Auto im Wasser steht, läuft Öl ins Meer. Das ist gefährlich für die Tiere", erklärt Kathrin.

„Und wo ist der Jeepfahrer?", will Martin wissen.

„Der Wagen war leer. Ich habe keinen Fahrer gesehen", sagt der Traktorfahrer.

„Moment mal – ich habe auf dem Weg zum Surfclub eine Gruppe mit ein paar coolen Typen im Auto gesehen. Sie sind im Jeep an mir vorbeigefahren bis zum Ende der Straße", erinnert sich Paula.

„Das ist ja verrückt. Was wollen die denn hier?", fragt Martin.

„Keine Ahnung", sagt Paula.

~~~

In dem Moment kommt Sven mit dem Kite-Surfbrett zurück. Er ruft: „Kathrin, informiere die Rettung: Im Watt ist eine Gruppe von 5 oder 6 Personen. Sie stehen auf einer Sandbank, aber das Wasser steigt. Sie brauchen schnell Hilfe!"

Kathrin telefoniert sofort und informiert die See-notrettung.

„Die Personen sind in Lebensgefahr", sagt Kathrin leise. „Hoffent-lich kommt das Rettungsboot schnell …"

~~~

Das große Rettungsboot kann nicht ins Wattenmeer fahren, weil das Wasser noch nicht hoch genug ist. Wenige Minuten später sehen die jungen Sportler ein kleines Boot. Es fährt in Richtung Wattenmeer. Dann kommt das kleine Boot wieder zurück. Paula und die anderen können nicht sehen, ob die Personen im Boot sind. Alle sind nervös und machen sich Sorgen. Aber sie können nicht helfen und fahren nach Hause.

6. Tot am Strand

In der Nacht kann Paula nicht gut schlafen. Sie denkt an die Personen im Jeep. Wenn man die Natur nicht kennt, ist es gefährlich im Wattenmeer. Es ist erst sechs Uhr, aber Paula kann nicht länger schlafen und steht auf. Sie geht in die Küche. Tante Gerda steht immer früh auf und trinkt gerade einen Tee.

„Was ist los, Paula? Kannst du nicht schlafen?", will sie wissen.

Paula erzählt von der Situation im Wattenmeer.

„Mach dir keine Sorgen, Paula. Die Menschen hier sind Experten. Sie helfen immer. Es ist jetzt noch zu früh, aber wir können später nachfragen, ob es neue Informationen gibt. Möchtest du auch einen Tee trinken?"

Aber Paula ist nervös und möchte nichts trinken. Tante Gerda hat eine Idee.

„Was meinst du, sollen wir zusammen zum Weststrand gehen und Bernstein suchen? Dann denkst du vielleicht an etwas anderes."

Paula ist nicht mehr müde und findet die Idee gut. Sie zieht ihre Jeans, Turnschuhe und ihren Lieblingspullover an. Ein paar Minuten später gehen sie los.

So früh am Morgen ist es am Strand wunderschön – es gibt keine Menschen, nur Vögel, Wellen, Wasser, Sand und Muscheln. Der Wind ist heute stark. Manchmal findet man dann Bernstein.

Aber Paula interessiert sich heute nicht für Bernstein. Sie denkt an die Leute, die sie im Jeep gesehen hat …

„Tante Gerda, ich gehe schon einmal weiter in Richtung Hafen!"
Während ihre Tante nach unten sieht und im Sand zwischen den Muscheln nach Bernstein sucht, geht Paula weiter am Strand entlang in Richtung Hafen. Nach ein paar Metern sieht sie etwas am Strand – oh nein!

„Tante Gerda – komm schnell!", ruft sie ganz laut, aber die Tante hört sie nicht. Paula läuft zurück und informiert ihre Tante. „Sieh mal, da vorne liegt etwas im Sand … Hoffentlich kommen wir nicht zu spät!"
Paula möchte schnell wissen, was das ist.
„Komm, wir gehen näher ran. Von hier aus können wir nicht genug sehen."

Schnell gehen sie weiter. Sie sehen, dass am Strand etwas liegt. Es sieht dunkel und groß aus.

Als sie näherkommen, sehen sie ein großes Tier. Es ist ein Wal.

Tante Gerda zeigt auf den Wal und sagt: „Oh nein! Wir sind zu spät. Er ist tot."

Die Augen des Wals sind geöffnet und er atmet nicht mehr.

„Ich habe schon oft in der Zeitung davon gelesen, dass Wale tot am Strand liegen. Aber jetzt sehe ich hier einen toten Wal und das ist wirklich sehr sehr traurig", sagt Tante Gerda.

〰

Sie sind ganz alleine am Strand.

„Wir müssen Hilfe holen und Experten informieren", sagt Tante Gerda.

„Paula, hast du dein Handy dabei?"

„Ja klar. Wen sollen wir denn anrufen?", fragt sie.

„Such mal die Nummer der Seenotrettung. Das Boot, das auf Norderney stationiert ist, heißt ‚Eugen'. Es liegt immer im Hafen", erklärt Tante Gerda.

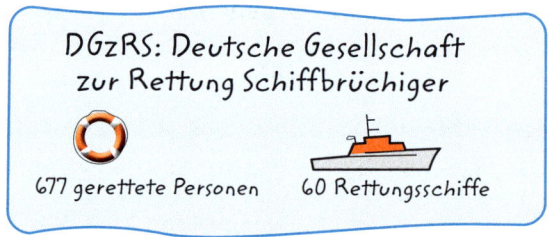

DGzRS: Deutsche Gesellschaft zur Rettung Schiffbrüchiger

677 gerettete Personen   60 Rettungsschiffe

〰

Paula sucht im Internet die Telefonnummer und ruft an.

„Tut uns leid, aber unser Rettungsboot ist heute Nacht zum Windpark gefahren. Da gab es einen Unfall, weil der Wind so stark war", hört Paula.

„Wenn das Boot zurück ist, können wir vorbeikommen. Aber das dauert noch ein paar Stunden."

～～～

Paula denkt nach. Jeden Morgen bringen die Katamarane die Arbeiter vom Hafen zum Windpark. Heute hat sie die Katamarane noch nicht gesehen.

„Tante Gerda, ich habe eine Idee!"
Sie nimmt ihr Handy und telefoniert auf Englisch.
„Wen hast du angerufen?", will die Tante wissen.
„Einen Kapitän aus England. Ich habe ihn gestern am Hafen kennengelernt."
„Und woher hast du seine Telefonnummer?"
„Der Kapitän hat mir gesagt, dass seine Tochter Deutsch lernt. Sie kommt morgen nach Norderney und er möchte, dass ich mit ihr Deutsch spreche. Darum hat er mir seine Telefonnummer gegeben."

～～～

„Und, was hat er gesagt?"
„Er hat gesagt, dass er helfen möchte. Der Katamaran liegt im Hafen und er fährt sofort los. Weil der Wind so stark ist, kann er heute sowieso nicht zum Windpark fahren."

7. Explosionsgefahr

Es ist kurz vor halb sieben und die erste Fähre fährt am Weststrand vorbei. Was für ein Abenteuer! Paula hat bis jetzt nur im Fernsehen oder im Kino Wale gesehen. Heute Morgen hat sie mit ihrer Tante am Strand einen toten Wal gefunden. Das ist eine Sensation. Der Wal ist riesig: zehn Meter lang und ungefähr zwei Meter hoch. Es ist ein junger Pottwal.

≈≈

Ein paar Minuten später kommt ein Polizeiauto zum Strand. Die Polizisten fragen Paula und Tante Gerda, wann sie den Wal gefunden haben, und ob der Wal schon tot war. Die beiden erklären alles. Die Polizisten sind sehr freundlich.
„Das hast du sehr gut gemacht. Es war richtig, dass du angerufen hast. Die Situation ist gefährlich."

„Gefährlich? Der Wal ist doch tot", sagt Paula.

„Das stimmt. Aber hörst du das Geräusch?", fragt der Polizist.

Paula hört etwas: Blub, blub, blub.

Aber sie versteht nicht, warum es gefährlich ist.

„Na ja, wenn ein Wal tot am Strand liegt, gibt es in seinem Bauch Gas. Der Wal kann in sehr kurzer Zeit nach dem Tod explodieren. Weil es ein großes Tier ist, ist das sehr gefährlich. Ihr müsst also bitte ein Stück weitergehen, damit nichts passieren kann."

Paula und Tante Gerda gehen ein paar Meter weiter und warten.

~~~

Dann hören sie ein Geräusch. Ein Katamaran fährt an den Strand heran. Der Kapitän wirft ein Seil zum Strand. Die Polizisten nehmen das Seil und machen es an der Schwanzflosse des Wals fest. Der Katamaran hat einen starken Motor. Er zieht den toten Wal ins Meer und fährt weiter.

„Was passiert denn jetzt mit dem toten Wal?", fragt Paula die Polizisten.

„Der Kapitän bringt den Wal in den Hafen nach Norddeich. Wir haben mit Experten telefoniert. Sie wollen wissen, warum der Wal tot ist und sie untersuchen ihn. Das Skelett wird für ein Museum präpariert. Vielleicht kannst du es in einem Jahr hier im *Watt Welten Nationalpark-Haus* sehen."

~~~

„Ich wusste gar nicht, dass es in der Nordsee Wale gibt", sagt Paula. „Hier gibt es Schweinswale, die sind klein und sehen aus wie Delfine. Aber die großen Wale schwimmen normalerweise im tiefen Meer und kommen nicht so nah an den Strand", erklärt der Polizist.

„Vielleicht hat dieser Wal die Orientierung verloren", meint Tante Gerda. „Das ist in Neuseeland passiert. Da gab es zwanzig Wale am Strand."

~~~

Paula und ihre Tante gehen zurück in ihre Ferienwohnung. Was für ein Morgen! Auf Norderney ist es überhaupt nicht langweilig. Jeden Tag passiert etwas Besonderes. Aber dann denkt Paula wieder an die Gruppe, die sie im Jeep auf dem Weg zum Watt gesehen hat … Sie weiß immer noch nicht, was mit den Personen passiert ist, und ob es ihnen gut geht.

8. Die Überraschung

„Tante Gerda, jetzt hast du gar keinen Bernstein gefunden", sagt Paula zu ihrer Tante, als sie in die Wohnung gehen.

„Das macht nichts. Ich habe aber etwas Anderes gefunden", antwortet die Tante und nimmt etwas aus ihrer Jackentasche.

„Das glaube ich jetzt nicht!" Paula ist überrascht.

Ihre Tante hat eine kleine Flaschenpost gefunden. Die Flasche ist aus Glas und man kann ein Papier sehen.

Tante Gerda öffnet die Flasche vorsichtig. Sie will die Flasche nicht kaputtmachen, sondern als Souvenir behalten. Das Papier ist ganz trocken.

„Woher kommt die Flasche? Und was steht auf dem Papier?", will Paula wissen.

„Sieh mal: Der Brief ist von Janina aus Paderborn. Hier steht eine Handy-Nummer. Schreib ihr doch mal eine Nachricht!"

Paula nimmt ihr Handy und schreibt:

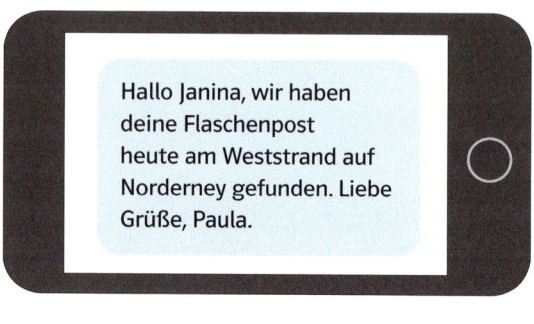

Hallo Janina, wir haben deine Flaschenpost heute am Weststrand auf Norderney gefunden. Liebe Grüße, Paula.

Am gleichen Tag schreibt Janina zurück. Sie hat die Flasche von der Fähre aus ins Wasser geworfen, als sie von Norderney wieder nach Hause gefahren ist. Sie freut sich sehr, dass eine Person ihre Flaschenpost gefunden hat. Sie schreibt:

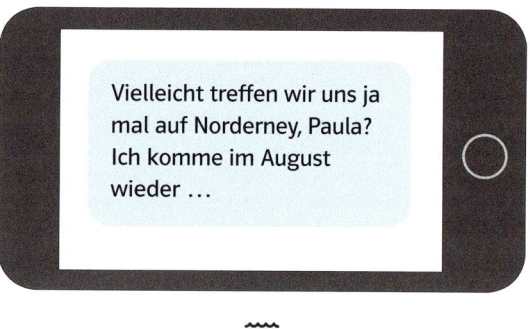

Vielleicht treffen wir uns ja mal auf Norderney, Paula? Ich komme im August wieder …

Die Flaschenpost ist nicht die einzige Überraschung für Paula. Sie bekommt noch eine Nachricht. Diesmal schreibt Martin.

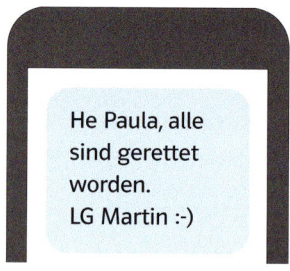

He Paula, alle sind gerettet worden. LG Martin :-)

9. Die Models

In der Zeitung steht ein Artikel über die Personen im Jeep. Sie sind gerettet worden und es geht ihnen gut. Die Polizei hat auch den Fahrer gefunden.

Er erklärt, warum er mit dem Auto ins Watt gefahren ist.

„Ich bin Fotograf und mache immer Fotos von Models in der Natur. Ich bin zum Hafen gefahren. Hinter dem Restaurant ist eine Straße. Da habe ich den Jeep geparkt. Dann bin ich mit den Models durch den Sand gegangen, um sie in der Natur zu fotografieren."

Der Fotograf ist aus Düsseldorf und zum ersten Mal am Wattenmeer. Er wusste nicht, wie gefährlich die Situation ist. Plötzlich kam die Flut. Überall war Wasser. Schnell ging er mit den Models auf eine Sandbank. Er wollte mit dem Handy Hilfe rufen, aber das Handy hatte kein Netz.

Gut, dass Sven die Gruppe gesehen hat, als er vom Kitesurfen zurückgekommen ist. Jetzt hat der Fotograf gelernt, wie gefährlich es im Wattenmeer ist.

≋

Alle sind glücklich, dass es den Models gut geht. Der Fotograf macht am nächsten Tag Fotos am Weststrand. Die Polizisten, die Männer der Seenotrettung und der Kapitän des Katamarans sind auch da. Viele Touristen machen Handyfotos.
Die sportlichen Models präsentieren für die Touristen eine Fashion-Show. Dann spricht der Fotograf und sagt, dass die Polizisten, der Kapitän des Katamarans und die Männer der Seenotrettung nach vorne zu den Models kommen sollen.
„Liebe Leute, vielen Dank noch einmal für eure Hilfe. Wir wollten nur ein Fotoshooting machen. Zum Glück ist uns nichts passiert und auch den Rettern geht es gut. Und wir möchten nicht nur mit Worten ‚danke' sagen, sondern wir haben auch ein kleines Geschenk für euch …"
Die Models lachen und sagen alle zusammen: „Überraschung!"

Dann holen sie eine große Kiste und packen bunte Gummistiefel mit Punkten, Streifen und Karos aus. Alle freuen sich über die neuen Gummistiefel in coolem Design – für die nächste Wattwanderung …

10. Antworten

Paula freut sich, dass die Models gerettet worden sind, dass sie Stand-Up-Paddling lernt, und dass sie so nette Leute kennengelernt hat. Aber sie denkt, dass vielleicht noch mehr tote Wale am Strand liegen können. Es gibt Leute, die sagen, dass die Windparks zu laut sind und die Wale die Orientierung im Wasser verlieren.

„Martin, hast du eine Idee, warum der Wal tot am Strand war?", will Paula wissen.

„Ich habe im Internet gelesen, dass die Windparks nicht das Problem sind. Wale schwimmen normalerweise im tiefen Meer und suchen Tintenfische, die unten schwimmen. Manchmal finden die Wale aber nicht genug zu fressen und schwimmen den

Tintenfischen hinterher ins Wattenmeer. Wenn Ebbe ist, können sie nicht mehr zurückschwimmen in die Nordsee, weil es nicht genug Wasser für die großen Tiere gibt.

„Es ist wirklich traurig, wenn ein so großes Tier tot am Strand liegt."

〰〰

Jetzt ist Paula informiert. Den Rest kann sie in der Zeitung lesen, denn da steht natürlich ein Bericht über die Rettungsaktion der Models und über den Transport des toten Wales mit dem Katamaran.

〰〰

„Paula, du hast doch erzählt, dass du im Mai Abitur gemacht hast. Was machst du denn nach dem Abitur?", will Martin wissen.

„Ich möchte im Oktober anfangen zu studieren."

„Was denn?"

„Psychologie."

„Wirklich? Ich möchte auch Psychologie studieren."

,Cool, vielleicht studieren wir in der gleichen Stadt', denkt Paula. Sie mag Martin. Er ist sehr nett.

„Und was machst du bis Oktober, Paula?"

„Das weiß ich noch nicht genau. Ich möchte einen Job suchen und ein bisschen arbeiten", erklärt Paula.

„Da habe ich eine Idee … Meine Tante hat hier ein kleines Hotel. Die Rezeptionistin ist krank geworden und kann ein paar Wochen nicht arbeiten. Du sprichst doch gut Englisch. Möchtest du den Job im Hotel machen?", fragt Martin. „Dann können wir zusammen dort arbeiten, du kannst auf Norderney bleiben und wir können jeden Tag nach der Arbeit zum Stand-Up-Paddling gehen."

„Aber ich habe nicht genug T-Shirts mitgebracht …"
„Es gibt hier auf Norderney viele Geschäfte", lacht Martin.
„Deine Eltern können dir auch einen Koffer mit Kleidung von zu Hause schicken. Dann kannst du hierbleiben. Gute Idee?"
„Super Idee, Martin. Das muss ich meiner Tante erzählen!"

〰

Paula weiß nicht, was sie sagen soll. Sie hat neue Freunde gefunden. Sie kann auf der Insel Norderney bleiben und sie kann mit Martin zusammenarbeiten und noch besser in SUP werden.
In einer Woche auf der Insel ist so viel passiert! Sie freut sich sehr auf den Sommer und auf die nächsten Überraschungen auf Norderney.

QUIZ

Nur eine Antwort ist richtig!

1
- ○ A Niedersachsen liegt südlich von Hessen.
- ○ B Niedersachsen liegt im Norden von Deutschland.
- ○ C Niedersachsen liegt in Hessen.

2
- ○ A Norderney gehört zu Dänemark.
- ○ B Die Nordsee heißt in Ostfriesland „Norderney".
- ○ C Norderney ist eine ostfriesische Insel.

3
- ○ A Kluntjes heißt der Zucker für den Ostfriesentee.
- ○ B Der Kitesurfer heißt Kluntjes.
- ○ C Kluntjes ist ein Fisch aus der Region.

4
- ○ A Das Nationalpark-Haus ist ein Parkhaus.
- ○ B Das Nationalpark-Haus informiert über das Wattenmeer.
- ○ C Das Nationalpark-Haus ist ein Schwimmbad.

Richtige Lösung:

1B 2C 3A 4B